이후의 흔적

김승규

본명 김명길 金明吉.
대구 출생.
대구사범학교 제7회 졸업, 경북대 사대 국어과 중퇴.
동아출판사 23년 등 30여 년간 출판사 근무.
1968년 〈중앙일보〉 신춘문예 시조, 1970년 〈동아일보〉 신춘문예 동시,
1970년 〈조선일보〉 신춘문예 시조 당선으로 등단.
시조집 『흔적』, 동시조집 『까치네 이층집』 등 출간.
gihojin0903@hanmail.net

이후의 흔적

—

초판 1쇄 2017년 6월 23일
지은이 김승규
펴낸이 김영재
펴낸곳 책만드는집

—

주소 서울 마포구 양화로3길 99 4층 (04022)
전화 3142−1585·6
팩스 336−8908
전자우편 chaekjip@naver.com
출판등록 1994년 1월 13일 제10−927호
ⓒ 김승규, 2017

—

—

ISBN 978−89−7944−619−7 (04810)
ISBN 978−89−7944−354−7 (세트)

책 만 드 는 집　시 인 선 0 9 6

이후의 흔적

김승규 시집

책만드는집

* 이 시집은 1, 2, 3부는 시조로, 4, 5부는 동시조로 구성하였다.

딴에는 열심히 산다고 살았는데, 어느덧 나이 일흔일곱
둘러보니 주위가 빈 들이다.
늘 남의 일만 같던 사람의 한살이가
막상 내 일이 되고 보니, 옛사람의 말씀처럼
참으로 한 마당의 꿈결 같네요, 산다는 거.
하루 또 하루
덤인 양 오는 날에 감사하며
지나온 날들을 더듬어 이삭 줍듯
삶의 흔적들을 줍는다.
안타깝고, 눈물겹고, 가슴 벅찬
그리고 꿈결처럼 그리운 그 숨결에 젖으며……

2017년 6월
구파발에서
김승규

| 차례 |

2부

3부

4부

5부

1부

돌담

발돋움하면
분이 얼굴
보조개도 보일 만큼

분이 아버지 호랑이 얼굴
살금살금
가릴 만큼

뻐꾸기
신호 소리는
무시로 넘나들 고만큼

이 아침에 2

갈수록
기막힌 소문
신문 펼치기 무섭다

이 땅에 살아 있음이
어찌 이리 부끄러운가

황금빛 은행잎들이
날로 눈부신
이 아침에

벚꽃나무

겨우내 앓아온
그리움의 속살이며

숨죽여 잠재운
오열의 그 떨림까지

이 봄날
발가벗고 선
오오 눈부신 여인

오월은

오월은
짓밟힌 꽃잎
저승서도 눈 못 감고

그 꽃잎
짓밟은 군화
발이 아파 잠 못 들고

그 현장
방관한 우리
부끄러워 뒤척이고

흔적

저만치 겨울이 오는 들녘을 바라본다
마른 풀잎 빈 가지를 흔들며 오는 바람
투명한 그 바람 사이로 얼비치는 몸짓들

봄이면 새살 돋던 눈부신 아픔이며
타는 듯 가슴 아린 목숨의 어지러움
풀린 강 그 언덕께쯤 아른대고 있구나

싱그럽던 여름날은 신록의 뒤척임이나
뙤약볕 목이 타던 뇌성이며 벽력들도
한 마당 소나기를 붓던 그 하늘의 무지개

시든 꽃잎에 남아 나부끼는 설운 향기
씨앗마다 숨어들어 유전遺傳하는 저 꿈의 빛깔
누구도 어쩌지 못한다, 목숨이 남기는 이 흔적은

내 시詩는

시는 내게 무지개였다, 하늘과 땅을 잇는
숨차게 달려가도 손 닿지 않는 거리
꿈인 듯 만날 때마다 가슴 설레게 하던 것

심봉사 개안開眼 같던 그 떨림 썰물 진 뒤
시퍼런 시선들이 발가벗긴 알몸으로
말문에 빗장을 질러 끙끙 앓게 하던 것

다시 눈뜬 내 시는 춘향이 버선코이다가
이상의 날개다가 천방지축 돌팔매질
때로는 관철동 맨홀과 씨름하던 토악질

이제 시는 내 지팡이, 손때 묻어 윤이 도는
어디든 동행하여 겨운 몸 받쳐도 주고
두 눈이 침침해지면 길도 열어주겠지

강

다시 그날일 수 없는 강가에 나와 서면
무수한 바람으로 갈꽃은 부서지고
한빛인 그림자 속에 너는 잠겨 있구나

매듭진 세월을 풀어 낚시를 드리운다
거친 물살을 거슬러 찌르르 손악에 닿는
한때는 부신 지느러미 그 황홀턴 입질들

강어귄 어귀대로 기슭은 또 기슭대로
흘러도 흘러도 하냥 그대로인 너를
이제야 실 끝을 물고 네 곁에 와 눕는다

근황

요즘 세상을 살자면 흑싸리 끗에라도 미쳐야지
아니면 그 뒷전 개평 뜯는 재미나마 붙이든가
그것도 영 시들해지면 낮술이라도 들이킬 일

나이 서른을 넘기고도 미칠 일 하나 못 붙들고
뿔뿔이 달아난 바람에 끈마저 끊어진 연
아직은 이 미칠 일로도 미쳐지지 않는다

여기 우리가 앉아 있는 것은

－'평화의 소녀상'에 부쳐

한때는 우리도 꿈 많은 소녀였다
목숨보다 소중히 가꾸어온 그 꿈들을
너희가 피 묻은 군화로 짓뭉개기 전에는

어찌 아니라고 머리를 젓는 것이냐
우리가 알고 너희가 알고 하늘이 아는 일을
덮으면 더욱 생생히 고개 드는 못 자국

문명의 탈을 쓰고 깨춤을 추는 철면피들
언제쯤 그 탈을 벗고 인간으로 돌아올지
여기에 꼿꼿이 앉아 지켜보는 중이다

울돌목에서

여기다, 아아 울돌목
우리를 살려낸 곳
상유십이(尚有十二) 그 열두 척으로
백여 왜선을 무찔러
끊일 듯 가물거리던
이 나라 숨결을 이은 곳

피바다 불기둥 속
보라, 장엄한 우리 수군(水軍)
들리는가, 상기도
쩌렁쩌렁한 님의 호령
죽기로 살길을 열라
살길은 오직 승리뿐

오늘도 울돌목은 목이 잠겨 울먹인다
역사의 준령을 넘어 전설로 돌아온 분들
천 년이 거듭 흐른들 어찌 잊을까 보냐

이총 耳塚

이로써 너희 무엇을 기념하자는 것이냐
너희 예 묻은 것이 무엇인 줄이나 아는가
우러러 청천백일靑天白日이 두렵지도 않은가

귀를 잃고 썩어간 시신은 그렇다 치고
차라리 죽음보다 참담했을 생령들이여
그 원한怨恨 소금에 절여 탑으로 세워놓다니

역사를 식은 죽 먹듯 조작해온 무리여
너희 이 무덤만은 자자손손 훼손치 말라
인간이 인간이기를 거부한 이 증거를

23

이승에서

한 칠십 살았으면 억울할 일은 없지
그래서 때맞추어 눈도 귀도 어둑하고
어쩌면 이맘쯤에서 세상 끝도 보일라

전생은 모른다 쳐도 저승이야 있어야겠다
두고 가는 인연들 어찌 되나 궁금하고
먼저 간 그리운 얼굴들 꼭 한번 만나고 싶고

이승이 이승만으로 마감하고 말 것이면
비 오는 날 하루살이 같은 저 인생들 어쩌라고
오늘이 오늘만 아님을 귀띔이라도 해줘야지

한데 여직도 풀리지 않는 화두話頭 둘
무얼 하러 여기 왔다, 또 어디로 가는 건가
끝끝내 부릴 데 없는 짐, 지고 이승 뜰까 보네

별 1

얼마를 돌아서 왔는가 봉천동 산 7번지
내미는 아내의 마디 굵어진 냉수 사발
동짓달 열사흘 달이 거기 담겨 나오고

마른 입술을 적시며 내장을 흐르는 달빛
칠칠히 쌓인 어둠 가라앉은 빈 그릇에
어디서 떨어져 오는가 싸라기 진 별 무더기

박

꿈에 제비 다녀간 봄도 이른 그 아침에
해묵은 담장 밑을 가슴 열듯 헤집고서
한 소망 가득히 담아 다독다독 묻은 박씨

낮이면 아지랑이 무지개도 품어보고
밤이면 달빛 받아 솜인 양 다사론 속
샘물에 버들잎 띄우던 정이 우러나겠죠

타고난 가난이야 하늘보다 환한 것을
멍든 전설이 주름진 초가삼간
설움의 그 지붕을 타고 박이 덩실 앉았다

방아타령

해 저문 거리를 돌아 잠실로 돌아오면
강바람에 마른 갈대 우우우 몸으로 울고
돌배기 가난을 끼고 돌아누운 아내여

백 번을 더 기운들 다 못 가릴 그 가난을
한 곡조 거문고로 온 고을 살찌우고
그 여운 다시 천 년을 이으시는 선생이여

끝끝내 끊지 못할 아편 같은 이 젓대를
어느 날 막힌 구멍 하나하나 트이려나
이 밤도 꿈길에 나앉아 마른 입술을 축인다

산조 散調

항아리

삼동三冬 조인 땅에 봄비 같은 당신 말씀

긷고 다시 길어 부어도 차오르지 않는 둘레

바람만 살을 깎는다 밑이 빠진 항아리

열매

사랑은 불꽃으로 지고 젊음은 아직도 긴 밤

한번 옹이 진 아픔 은혜로 길러온 나날

휘어져 드리운 향연 익어가는 말씀이여

손금

떨리는 손을 뻗어 열매를 꺾어 쥔다

찢긴 손금을 타고 전류처럼 찌릿한 아픔

껍질 속 깊은 동굴을 횃불들이 달린다

그림자

단 한 번 빛발 아래 의젓이 못 서보고

기대지 아니하면 있으나 마나 한 목숨
그 어느 뜨락 아랜가 서성이는 그림자

노을
해종일 바래어도 오히려 멀어만 간다
너 뜨고 없는 하늘 그 저문 뜨락으로
한 그루 해바라기꽃 목을 죄어 타는 강

재단 裁斷

경상도 대구산 40년생 대학 중퇴
아 그 친구 어중이 시인 아닌가
저마다 명함 쪽만 하게 나를 오려 가진다

걸려 넘어가다 보면 멍청한 나의 등신等身
가다간 외면하고 때론 거꾸로 숨기도 하는
찢기어 오만상으로 굴러다니는 얼굴이여

전신을 내던진 빗발치는 칼질 속
용하게 살아남아 낑낑대는 손이 있다
잘리면 터지는 새순을 용서하며 다독이며

아는가 너희가 마무른 또 하나의 이 재단을
꺾인 골목께에서 늦은 어둠을 추스르며
싸늘한 별빛을 주워 깁고 있는 이 사내를

가을 소묘

－벌레 소리

잠잠히 묻혔다가 때 되면 깨어나는
소슬한 몸짓으로 껍질을 벗는 가을
목공단 팽팽한 수틀을 넘나드는 저 소리

2부

입동 무렵

나이 쉰일곱이면 입동 무렵쯤 되는가
마른바람 소리에도 절로 온몸 으스스하고
먼 산이 눈짓을 주며 주춤주춤 다가서고

찌든 시름 높새바람이 마알가니 쓸고 간 날
잊었던 일 하나 둘 가슴 밟고 돌아오면
지난 철 철없는 일들이 홍시처럼 익는다

세상이 눈발 속에 한빛으로 묻히거든
살아온 긴 이야기 심지 하나 박아놓고
나머지 겨운 숨결은 눈밭에나 재울까

석탄 1

천 길 땅 밑에 잠든 어둠을 캐어낸다
그날 무너진 함성 뜨거운 그 절망들이
묻혀도 썩지 못한 채 탄화炭化되어 있구나

밤마다 새 별로 뜨는 친구여 너의 눈빛
떨리는 삽날 끝에 번쩍이는 그 젊음을
누군가 탄차炭車에 실어 긴 갱도를 열고 있다

시퍼런 너의 분노에 나는 늘 어지럽고
이글대는 네 육신으로 아직은 무사한 우리 겨울
친구여 너의 노래는 어느 하늘을 떠도는가

석탄 2

찍는다
찍어낸다
윤기 있는 어둠의 덩이
이마를 파고들어
죽음에서 깨어나는 소리
이 벌판
겨울바람 속
번뜩이며 타는 눈

석류나무 울안

귀 여린 창호지를 부끄러이 물들이고
살이 붙는 사랑으로 가슴이 짜개져서
우리도 어느 가지에 하나 석류로 달리자

그 아픔 외로움에 온 가을 물이 실려
알알이 부신 이웃, 이마를 부비는 저 보석들
하늘도 이 뜨락 위엔 오직 그날인 것을

아기와 월급

이게 남은 거야, 칼로 벤 듯한 만 오천 원
너랑 우리 세 식구 한 달 치 목숨값이다
훗달은 네 윗니도 돋우어줄 꿈같은 젖줄이란다

몇 장의 지폐가 아니야, 부끄러운 이 월급은
못나도 주변머리 없어도 떳떳한 핏값인걸
아빠의 젊음을 쥐어짠 퍼어런 쓸개 물인걸

걱정 마 아가야, 서울도 바닥으로 가면
하루도 몇 차례씩 펄럭이는 판잣집들
밤이면 깨 같은 웃음이 쏟아지기도 한단다

아기와 출근

아기가 흔들어 깨운 이른 봄 풀빛 숨결
아직 한 점 그늘도 아니 묻은 골목길로
아빠는 문을 나선다, 부신 햇살을 흔들며

아득히 놓쳐버린 시간을 추적하다
팽개친 일상에서 젖줄을 캐어 들면
손악에 꼬물거리는 아가야 아가야 너의 숨결

잠실행 버스에 실려 처진 어깨를 추스르다
어둠의 바닥에서 초롱초롱 돋는 별빛
그 환한 눈빛 속으로 아빠는 퇴근을 한다

성내역 주변

잠실도 성내역 주변은
하늘이 나지막하다

덜 자란 아파트들이
덧니들을 드러내고

제 또래 문명을 데리고
신접살림이 한창이다

아직은 고층의 숲
햇살을 못다 가려

때때로 헤픈 웃음
창밖을 넘나들고

아이는 바람을 오려
하늘에다 띄우고

빗속에서

오늘 서울은 진종일 비가 오오
피다 지는 꽃울음도 간간이 들려오고
어디서 쉬고 있는지 길 떠난 내 생각들은

마음 두고 온 곳엔 이레째나 기척 없고
창 너머 우두머니 빗줄기에 기대서다
오늘 밤 이녁 하늘에도 별은 아니 뜨겠지

저물녘

길이 보이지 않는다 어둑어둑 저무는 날
갈대 허리 꺾는 바람의 허연 칼날
뜨거운 그날의 노래들이 무너지고 있었다

침침한 안경알 그 어둠을 닦아낸다
마른 껍질을 비집고 칭얼대는 유년의 꿈
등 너머 반딧불 두엇 떠다니고 있었다

어머니

젖은 보릿짚 때듯
한생을 사르시다

생인손 앓듯
생인손 앓듯
기르신 아홉 남매

생시에
다 못 하신 근심
이 봄에도 무성해

첫눈

사르락사르락 실눈이 꾸리 푸는 골목길로
누군가 자박자박 어깨 겯고 간 발자국
까마득 잊은 이야기 등불 밝혀 오셔요

여백

전傳 안견의 산수화 어촌석조도漁村夕照圖를 보라
여백에서 안개가 내려와 마을을 반쯤 가리고 있다
그 안에 감춘 풍경을 끝내 지울 수 없도록

어느덧 옅어진 잠, 새벽을 밀치고 나와
어촌 그 안개 속을 거슬러 어정인다
누군가 골짜기 여는 기침 소리 맞으러

저무도록 더듬어도 오리무중인 산수간山水間
무심히 열려 있는 화두 같은 빈자리에
오늘은 내 안의 경치景致 슬몃 놓아 보느니

구공탄

언제 적부터였나
가난의 이웃이 된 너
아홉이던 구멍이
열 개가 더 불어도
까맣게
굳어진 속은
바뀌지가 않았다

이글대는 불꽃 위에
삼동三冬을 올려놓고
시퍼런 독기에
어지러운 우리 살림
죽음에
몸을 녹이며
이 겨울을 버틴다

몽유도원도 夢遊桃源圖

그대 그린 도원이 어찌 그대 꿈만이리
무수한 꿈이 꿈으로 이룩한 부신 세계
세존世尊이 길을 내시듯 그 문을 열었을 뿐

꿈도 지극한 꿈은 생시를 넘나들어
한 마당 삶의 터에 덩그런 저 꿈의 궁전
무릉武陵이 어디라든가 예가 거기 아닌가

꿈이면 어떻고 생시면 또 어떠랴
무시로 꿈을 좇아 찾아드는 저 님네들
아득한 이 후생後生도 불러 함께 노닐고 있으니

다시 봄 앞에

나이 탓만은 아니려니 유난히 긴 겨울
죽은 듯 마른 가지 톡톡톡 망울 벌어
또 한번 부신 봄빛이 문을 열고 있구나

해를 거듭할수록 새롭게 눈뜨는 봄
겨우내 가꾼 아픔 불꽃으로 피어나
식은 피 잘잘 끓여서 가슴 설레게 하더니

다들 어디 갔나 봄을 함께하던 그들
왁자한 잔치 문전 하릴없이 서성이는
그립고 서글픈 봄이 이제 몇이나 남았는지

갈채

손바닥을 차고 오르는
눈부신
비둘기 떼

바람개비 날개 끝에서
풀려 나오는
유년의 꿈

돌아와
신부의 머리 위로
팔랑팔랑 내린다

꽃불놀이

이 찰나의 축제를 위해
그 밤을 길러온 꽃

낱낱이 환희로 터지는
눈부신 아픔이여

무너져
다시 어둠으로
가라앉는 씨앗들

바람개비

햇살을 쓸어안고
빛깔로 쪼개낸다

바람 속 잠적해버린
그날의 몸짓들을

가녀린 날개를 꽂아
퍼 올리는 꽃이다

3부

은은한 말씀

소심素心 꽃방울은
이울어도 은은한 자취

백자 잔에 술을 채우고
가만히 눈을 감는다

따스히
스미는 온기
묵향 같은 말씀이

일곱 살

내가 일곱 살 때
배 속에 있던 아기

내가 고등학생일 때
코흘리개 국민학생

내 나이
서른세 살 때
스물여섯 내 신부

살다 보면 일곱 살쯤이야
그건 내 오산이었어

사사건건 엇갈린 톱니
실마리는 세대 차이

일흔을

넘어선 오늘도

때론 일곱 살 공주

단애 斷崖

보인다
여기에 서면
시작으로 이어지는 끝이

천 길 벼랑
그 뿌리 쯤에서
넘실넘실 열리는 바다

어디쯤
추락하고 있는가
집을 나간 내 꿈은

철없는 봄빛

고목에 돋는 새잎은

아기 눈빛 그대로

천 년 전 그 진달래

상기도 아씨 볼빛

봄빛은

철이 안 들어

아직 저리 어리광을

빨래

바위에 이끼 붙듯 사노라면 묻는 때를
그녀 뒷소문처럼 벗어놓은 허물들이
걸쭉한 비눗물 속에 풀이 죽어 누웠다

지난날은 방망이로 속속들이 두들겨 패고
요즘은 뺑뺑이로 정신 쏙 빼고 나면
애당초 그만은 못해도 개과천선 새 모습

안 될까, 이내 속 더께더께 묵은 때도
난장으로 두들겨 맞고 반쯤 정신 앗길망정
한 번쯤 그날 비슷이 돌아갈 순 없는지

조각보

치마랑 저고리를 짓고 남은 자투리들
한 조각도 흘릴세라 꼭꼭 모아두시더니
어느 날 밥상 위에서 선을 보인 조각보

재단裁斷된 밥상보야 저자에 널렸지만
추억과 꿈과 사랑을 알록달록 이어 붙인
이 세상 단 하나뿐인 어머니표 밥상보

어딘가 버려져 있을 내 꿈의 자투리들도
하나하나 찾아내어 오밀조밀 엮어볼까
어쩌면 조각보 같은 그런 세계가 열릴지

덤

맺고 끊을 수 없는
종소리 여운 같은
다시 기약 없는 거래라 하더라도
넌지시 한 줌을 쥐어
고봉 위에 얹은 것

손금을 짚어보면 살 만큼 산 목숨을
그예 두 번씩이나
이어 붙여 얻은 오늘
누군가
무슨 뜻으로
내게 덤을 주셨는지

오늘과 또 내일이
덤으로 사는 거라면
어찌 나만을 위해
이 귀한 걸 쓸 수 있나

받은 덤
그 반만이라도
돌려주고 가얄 텐데

겨울 입문

입동 언저리부터 시름시름 앓는 겨울
바람은 용케도 빈틈을 비집고 들어
두어도 헛헛한 속을 펄럭이게 하느니

끙끙 언 날에도 가슴을 녹이던 불씨
그 꿈마저 바닥나면 끈끈이 마주 잡은
손깍지 깍지를 끼고 또 한 고갤 넘을까

괜찮다, 겨울도 씹다 보면 송기 맛
아직은 자투리 땅, 봄은 다시 올 것이고
지난봄 남긴 씨앗도 찾아보면 나올 터

흰 지팡이

가슴을 찍고 오는
네 발자국 소리

점자 더듬듯
용케도 예까지 왔다

먹먹히 저무는 길로
멀어지는 흰 지팡이

개똥참외

참 질기기도 한 목숨
눈 밖에 난 세상에서
어느 비 햇살 끝에
싹이 돋고 꽃이 피어
개똥이
철없는 얼굴들
조롱조롱 여문다

자리끼

타는 목마름으로 머리맡을 더듬다
어머니 손길 같은 거기 늘 자리끼가
이제는 잊을 만한데 초 친 듯이 앉았네

벌컥벌컥 숨통을 타고 내장을 흐르는 생수
간밤 못다 태운 앙금마저 씻기어
부스스 낯익은 새벽 문을 열고 나오네

가지치기

가족계획을 하던 가위로
자연의 섭리를 자른다

아들딸 구별 말고
하나만 낳아 잘 기르자던

저 원정園丁
신의神意를 아는가
그 구호 뒤집힌 것도

달동네

키 큰 문명에 가리어 햇빛도 외면한 동네
실바람 자락에도 펄럭거리는 목숨들이
밟으면 밟힌 그대로 뿌리내려 사는 곳

서울도 이곳 하늘엔 밤마다 별이 뜬다
고달픔 몸을 풀어 꿈을 길으러 간 사이
달빛이 마을을 안아 어둠을 빗어 내리고

오늘도 어김없이 새벽보다 일찍 눈떠
아직 곯아떨어진 서울을 깨우고 있다
달동네 환한 저 사람들, 골목골목을 누비며

기도

아침마다 꽃밭에 물 주는 마음으로
새롭게 깨어나는 목숨 그 언저리에
오늘도 살아 있음이 기쁨이게 하소서

목마른 소리 쪽으로 늘 귀 열어놓고
어둠을 하나하나 빛으로 일으켜 세우는
내 손도 그들 가운데 하나이게 하소서

아직도 풀리지 않는 의심들을 거두시고
이 세상에 나를 둔 그 뜻마저 깨달아
하나의 밀알이 되어 다시 나게 하소서

달밤

정암사 새벽 세 시 달빛을 밟아본다
하늘을 채우고 넘쳐 경내에 가득한 달빛
그 달빛 가득한 길이 내 안에도 열린다

따악딱 홀연히 밤을 깨우는 소리
미명의 정수리를 정으로 쪼는 겐가
옥양목 묵은 때 벗듯 세상 환히 밝아라

별 볼 일

별 헤는 밤으로
꿈을 심어주신 이

눈 감으면 고향 하늘
상기 별빛 총총한데

오십 년
타향살이에
별 볼 일이 없었네

별 4

어쩌다 낯선 이 밤, 소스라치는 너희 눈빛
목덜미에 쏟아붓는 한 두레박 퍼런 샘물
달아난 그 어둠 속에 내가 다시 갇힌다

한때는 잠 못 들게 가슴에서 반짝이던
그 눈빛, 어둠을 보석으로 갈고 닦던
뿔뿔이 제 갈 길 가버리고 해거름에 앉았다

시방도 긴 밤 속에 너는 숨어 있는 거지
어깨로 어둠 밀어 새날을 여는 이들에게
끝끝내 깨어 있어라 눈빛 마주 맞추며

겨울 신화

겨울이면 집들이 옹기종기 모여든다
햇살도 양지쪽에서 오손도손 어깨 겯고
까마득 잊었던 얘기 도란도란 나누며

이런 날은 시원始原처럼 눈이라도 내렸으면
문명의 허드렛것 하얗게 다 지우고
이 세상 새로운 누리로 다시 시작하라고

4부

개나리 뿌리에는

개나리 뿌리에는
눈이 달려 있나 봐

꽃철엔 노랑물만
쏙쏙 뽑아 올리고

잎철엔
초록빛 물만
쪽쪽 뽑아 올리고

봄비와 새싹

아까부터 속살댄다
들릴 듯 아니 들릴 듯

"나와봐, 봄이 왔어!"
"싫어! 아직 춥잖아"

봄비가
솔솔 내리는
앞뜰 꽃밭머리에서

"문 열어봐, 봄비라니까"
여태 소곤대는 소리

"거짓부렁! 안 속아"
"글쎄 나와보래두"

쏘오옥

고개 내민다
새싹 노오란 머리

종달새

쪼르르
보릿골에
단칸방 얽어놓고

포롱포롱
깃 쳐 올라
구름 타고
노골노골

꽃향기
햇살에 꿰어
봄알 짓는 종달새

외갓집 가는 길

타박타박
마찻길
가도 가도
시 오 리

"아이구 이게 누구고?
내 새끼 훈이 앙이가!"

할머니
목소리 쟁쟁한
타박타박
시 오 리

까치네 이층집

깟깟깟
낯선 소리
어라, 웬 이층집이

늘 보던
까치집 위
자그마한
단칸방

그사이
경사 났나 봐
신접살림 차렸네

달려오는 꽃

아빠!
그 목소리
튕기듯 고개 들면

두 팔
하늘로 뻗으며
활짝
피어나는 꽃

달려와
가슴에 안기는
한 아름
숨 가쁜 꽃

풀꽃과 바람

안녕하세요?
안녕하세요?
풀꽃들이 인사하면

살랑살랑
바람이
풀꽃 머릴 쓰다듬는다

어이유
많이들 컸네
얼굴들도 예뻐지고

개구쟁이 소나기

뭘 하지 심심한데
개구쟁이 소나기

호박꽃도 따보고
매미 녀석도 놀래주고

빨랫줄 다 마른 빨래
질금질금 오줌도 싸고

"너 그만두지 못해?"
천둥소리도 못 들은 척

번갯불 번쩍인다
"이놈, 너 꼼짝 마!"

소나기 줄행랑친다
하하하 햇빛이 쨍쨍

비 오는 운동장

비 오는 운동장에는 빗방울들이 놀고 있다
철봉에 늑목에 대롱대롱 매달린 놈
쪼르르 미끄럼틀을 히히대며 노는 놈

바람이랑 달음박질 우르르 몰려다니고
겁도 없이 땅바닥에 다이빙을 하기도 하고
운동장 하나 가득히 재잘대는 빗소리

통통배

뽀오뽀 –
엄마 찾는다
길 잃은 새끼 양처럼

통통통
발을 구르며
파도에 떴다 잠겼다

무섭니?
기웃거린다
마음 여린 물새가

아빠 무등을 타면

아빠 무등을 타면
언니 키가 쪼끄매

아빠 무등을 타면
우리 마당도 납작해

빙그르
세상이 왜 돌지
아빠 무등을 타면

아빠 무등을 타면
내 키가 제일 커

두 팔을 번쩍 들면
구름까지 닿을까

석이도

훈이도 안 무서워

아빠 무등을 타면

귀뚜라미

무슨 글을 읽고 있지?
동시일까?
동화일까?

아니야 노랜가 봐
가을 노래?
고향 노래?

밤새워
구슬 굴린다
보름달
은쟁반 위에

가을 하늘

누가 자지 않고
밤새 쓸어놓았나

마알간 하늘에
새털구름 두어 점

늦잠 깬
아기바람이
살살 밀고 다닌다

가을 햇살

볼이 붉은 햇살은
고추밭에 놀러 오고

단물 실린 햇살은
감나무에 매달리고

때때옷
아기 햇살은
들로 산으로 나간다

5부

키 재기

누가 누가
더 큰가?
대보나 마나
도토리

영이는
순이하고
바둑이는 삽사리하고

밤새워
발돋움하네
철이 집이랑 석이 집

팽이

맞으면 맞을수록
더 꼿꼿이 서 있다

저도 속으로는
이 악물고 참는 게지

겉으론
신이 나는 듯
싱싱 노래하지만

화롯불 불씨 속에

나팔꽃 꽃씨 속에
나팔꽃 숨어 있듯

화롯불 불씨 속에
옛날애기 숨었을까?

화로에
불씨를 묻고
귀를 쫑긋 세운다

엿장수

엿장수
가위 소리
마을 한 바퀴 돌고 나면

아이들 손에 손에
냄비 뚜껑
헌 고무신

척척척
꽃엿 떼는 소리
침이 먼저
꼬올깍

연둣빛 손

간밤 실비 뿌리고
햇살 눈부신 아침

바람이 속살댄다
"나랑 봄 잔치 꾸밀 친구?"

나무들
손을 내민다
"저요! 저요! 저요! 저요!"

봄비 소리

애벌 잔
아기누에
뽕잎을 먹고 있나

입안에
온몸으로
화안한 박하사탕

귓가에
소곤거린다
우리 엄마 목소리

개나리꽃

지난밤
실비 꽃비
촉촉한 울타리에

둥지 나온
어미 닭
기웃거리고 간 자리

개나리
노란 주둥이
삐악삐악 삐악삐악

원두막

귀청을 짜악 찢는
한나절 매미 소리
땡볕도 달큰하다
참외 수박 익는 내음
들판에
원두막 한 채
호랑이처럼 누웠다

구름에 달 숨는 사이
얼른 살금 기어가
와들와들 떨리는 손
수박 배꼽줄 쥐면
알고도
모르시는지
할아버지 잔기침 소리

검정 고무신

아버지껜 말 못 하고
엄마한테만 조른다
"조금만 더 신어라,
추석에는 사줄게"
지일질
끌고 다닌다
구멍 난 검정 고무신

"발 씻고 올라와라"
마루에 찍히는 발자국
대야에 발 담그고
뽀독뽀독 씻어도
어렴풋
찍히는 발자국
구멍 난 검정 고무신

다듬이 소리

따르르따르륵
또르르또르륵
엄마 소리
누나 소리

앞서거니 뒤서거니
뱅글뱅글
상모 돌리며

온 마을
한 바퀴 돌아
별빛 속에 숨어요

수박

아빠 얼굴보다 크다
덩실덩실 춤추며 온다

뚜루룩
갈라지며
와-
함박만 한
여름

까아만 씨들이
웃는다
돌이 주근깨도
웃는다

돌산 아이

엄마는 행상 가고
방문엔 쇠가 걸려

낮에는 아니 운다
뙤약볕에 야물다가

별 이고
훈이야 하면
글썽이는 해바라기

눈부처

아기 눈 속 엄마 부처
엄마 눈 속 아기 부처
아기 부처가 웃는다
따라 웃는 엄마 부처
두 부처 마주 웃으니
극락이다 한나절

우산과 비

비닐우산에 가랑비는
참깨 볶는 소리
박쥐우산에 소나기는
검정콩 볶는 소리
우산은
작은 가마솥
비를 달달 볶는다

별빛을 주워서 시를 깁는 노역勞役 50년

박시교 시인

1

등단 50년을 맞이하는 김승규 시인이 참으로 오랜만에 시집 『이후의 흔적』을 상재한다. 반세기 동안의 오랜 시의 길, 조금은 느린 행보이기는 했지만 꾸준히 문제작들을 보여주었던 그였다. 그런데 유독 시집을 묶어내는 일에는 게을렀다. 왜일까? 단순히 성격 탓이라고 규정할 수는 없을 것 같다. 시에 대한 나름의 잣대에 너무 충실했던 게 아닐까. 아무튼 참으로 오랜만에 그가 시집을 묶어내는 것이 마치 내 일처럼 반갑고 또 한편으로는 설레면서 1970년대 초 우리가 처음 만났던 소위 문청文青 시절의 기억을 떠올리지 않을 수 없다.

김승규 시인이 〈중앙일보〉 신춘문예에 시조가 당선된 것
은 1968년이었다. 그 뒤 1972년에 〈동아일보〉 신춘문예에
동시가 또 당선되기는 했지만, 그는 60년대를 대표하는 시
조시인으로 분류된다.

먼저 자신의 시에 대한 김승규 시인의 생각을 엿볼 수 있
게 하는 작품 한 편을 옮겨 읽고 이야기를 이어가기로 하자.

시는 내게 무지개였다, 하늘과 땅을 잇는
숨차게 달려가도 손 닿지 않는 거리
꿈인 듯 만날 때마다 가슴 설레게 하던 것

심봉사 개안開眼 같던 그 떨림 썰물 진 뒤
시퍼런 시선들이 발가벗긴 알몸으로
말문에 빗장을 질러 끙끙 앓게 하던 것

다시 눈뜬 내 시는 춘향이 버선코이다가
이상의 날개다가 천방지축 돌팔매질
때로는 관철동 맨홀과 씨름하던 토악질

이제 시는 내 지팡이, 손때 묻어 윤이 도는

어디든 동행하여 겨운 몸 받쳐도 주고
두 눈이 침침해지면 길도 열어주겠지
  −「내 시詩는」 전문

  위의 작품에서 첫 수가 시에 매혹되었던 젊은 날의 담백
한 진술이라고 한다면, 둘째 수는 등단 무렵의 열병을 기술
하고 있다고 할 수 있다. 그리고 셋째 수는 문청 시절의 좌
절과 방황, 울분과 객기 등의 기억을 떠올리게 하는데, 구체
적으로 '관철동'이라는 장소가 등장한다. 그렇다. 이곳 관철
동 어느 술집에서 필자는 그를 처음으로 만났다. 그와 자별
하였던 서벌 형의 소개로. 그런데 그는 서벌 형처럼 술을 잘
하지 못했다. 한두 잔에 얼굴이 홍당무가 되는 체질이었으
나 술꾼들의 의례적인 버릇 2차, 3차 순례에도 불구하고 중
간에 빠지는 일이 없었으며, 옆 사람의 술주정 비슷한 헛소
리에도 크게 개의치 않고 웃어넘기는 품 넓은 모습을 보여
주었다. 이러한 성정은 그때나 지금이나 여전하다.
  70년대 초 김상옥 선생이 인사동에서 운영하던 도자기점
아자방亞字房과 같은 이름으로 그의 제자가 청진동에 출판
사를 냈을 때 그는 잘 다니던 회사를 그만두고 한동안 그곳
편집 책임을 맡은 적이 있었다. 그러나 몇 달 만에 출판사가
문을 닫아 실직을 하고 다시 종로학원 출판부에 몸담고 있

을 때 함께 근무하던 오영빈 형과 어울려서 우리는 더 자주 만났는데, "때로는 관철동 맨홀과 씨름하던 토악질"은 바로 그 무렵의 이야기를 토로한 것이라 생각된다.

그리고 마지막 넷째 수 "이제 시는 내 지팡이, 손때 묻어 윤이 도는 / 어디든 동행하여 겨운 몸 받쳐도 주고 / 두 눈이 침침해지면 길도 열어주겠지"라는 대목은 근래의 모습을 떠올리게 한다. 이처럼 시의 행보가 마치 시인의 삶과 그 궤를 압축해놓은 것처럼 정겹게 느껴져서 앞자리에 놓았는데, 그 이유는 시인 김승규를 이해하기에 가장 적합한 작품이라고 생각했기 때문이다.

2

시인은 시로써 말한다. 그런데 자기 자신을 시로 그렸다면 그것은 보다 더 분명한 자화상이 아닐까 싶다. 이제 소개하려는 「재단」이 바로 그런 유의 작품이다.

경상도 대구산 40년생 대학 중퇴
아 그 친구 어중이 시인 아닌가
저마다 명함 쪽만 하게 나를 오려 가진다

걸려 넘어가다 보면 멍청한 나의 등신等身
가다간 외면하고 때론 거꾸로 숨기도 하는
찢기어 오만상으로 굴러다니는 얼굴이여

전신을 내던진 빗발치는 칼질 속
용하게 살아남아 낑낑대는 손이 있다
잘리면 터지는 새순을 용서하며 다독이며

아는가 너희가 마무른 또 하나의 이 재단을
꺾인 골목께에서 늦은 어둠을 추스르며
싸늘한 별빛을 주워 깁고 있는 이 사내를
　－「재단裁斷」 전문

　첫 수 초장 한 줄에 스스로 자신의 첫 이력을 밝히고 있
다. 부언하자면, 필자가 알기로는 대구사범학교(현 대구교육
대학교)를 졸업한 뒤 곧바로 교편을 잡지 않고 경북대학교
국어교육과로 진학하였다가 중퇴했다. 본인 말로는 아이들
을 잘 가르칠 정도로 자신의 언어 표현이 정확하지 못하다
고 생각했기 때문에 교사의 길을 포기했다고 한다. 어쩌면
그의 이 같은 실토보다는 '어중이 시인' 기질이 더 발동했던

것은 아니었을까.

"걸려 넘어가다 보면 멍청한 나의 등신"이 바로 자신이라고 믿는 것이다. 대개는 시인을 우리 사회가 그렇게 정의하는 데 익숙한 것이 또한 현실이다. 그러나 그렇다고 하더라도 자신을 그렇게 재단하려 들지는 않는다. 그것은 스스로 자신을 '바보'라고 지칭하는 인간미 넘치는 표현과 크게 다르지가 않다.

결론적으로 그는 이렇게 재단한다. "꺾인 골목께에서 늦은 어둠을 추스르며 / 싸늘한 별빛을 주워 깁고 있는 이 사내"라고. 그렇다. 별빛을 주워 깁는 일이 바로 시인이 할 일 아니겠는가. 그는 천생 시인이다.

젊은 날의 고뇌와 번민을 엿볼 수 있게 하는 작품 「근황」도 앞의 생각을 뒷받침해준다.

요즘 세상을 살자면 흑싸리 끗에라도 미쳐야지
아니면 그 뒷전 개평 뜯는 재미나마 붙이든가
그것도 영 시들해지면 낮술이라도 들이킬 일

나이 서른을 넘기고도 미칠 일 하나 못 붙들고
뿔뿔이 달아난 바람에 끈마저 끊어진 연
아직은 이 미칠 일로도 미쳐지지 않는다

114

—「근황」 전문

‘흑싸리 끗’과 ‘뒷전 개평’과 ‘낮술’. 여기 나오는 시어들만 보면 영락없는 산업화 그 이전의 황량한 사회 풍경이다. “미칠 일 하나 못 붙들고” 겉도는 젊은 혼, 이것이 바로「재단」에 등장하는 ‘어중이 시인’의 모습인 것이다. 술 먹는 사회, 취하지 않고는 세상을 건너지 못할 것 같은 하루, 그는 그렇게 젊은 날을 헤쳐 갔던 것인데, 그래서 술판에 동석하는 것으로 위안을 받았는지도 모른다.

그래서 “뿔뿔이 달아난 바람에 끈마저 끊어진 연 / 아직은 이 미칠 일로도 미쳐지지 않는다”라고 토로했던 것일까.

3

김승규 시인의 시조는 삶에서 뽑아 올린 서정의 푸른 힘이 배어나는 작품이 특히 주목을 받는다. 마치 강물이 그 물길을 거침없이 열어가듯이 펼쳐지는 율律과 격格이 지극히 자연스럽고 유려하기 때문이다.

한 편을 옮겨 읽기로 한다.

저만치 겨울이 오는 들녘을 바라본다
마른 풀잎 빈 가지를 흔들며 오는 바람
투명한 그 바람 사이로 얼비치는 몸짓들

봄이면 새살 돋던 눈부신 아픔이며
타는 듯 가슴 아린 목숨의 어지러움
풀린 강 그 언덕께쯤 아른대고 있구나

싱그럽던 여름날은 신록의 뒤척임이나
뙤약볕 목이 타던 뇌성이며 벽력들도
한 마당 소나기를 붓던 그 하늘의 무지개

시든 꽃잎에 남아 나부끼는 설운 향기
씨앗마다 숨어들어 유전遺傳하는 저 꿈의 빛깔
누구도 어쩌지 못한다, 목숨이 남기는 이 흔적은
―「흔적」 전문

눈부신 자연의 변화와 그 둘레 안에서 스스로를 거두고 다스릴 수밖에 없는 목숨의 향연, 우리의 삶 또한 그와 다르지 않을 것이다. "봄이면 새살 돋던 눈부신 아픔이며 / 타는 듯 가슴 아린 목숨의 어지러움"들이 "풀린 강 그 언덕께쯤 아른대고 있구나"라는 대목에 이르면 새삼 생명의 싱그러움을 깨닫게 된다. 그리하여 "시든 꽃잎에 남아 나부끼는 설운 향기"도 예사롭게 보아 넘길 수가 없고, "씨앗마다 숨어들어 유전하는 저 꿈의 빛깔"도 시인의 밝은 눈에는 아름답게 비치지 않을 수가 없는 것이다.

이 세상을 살아가는 목숨들이 남기는 흔적들을 바라보는 시인의 섬세한 마음의 눈길이 더없이 따뜻하게 읽히는 작품이었다.

이런 생각을 한층 짙게 해주는 작품 한 편을 더 옮겨서 살펴보도록 한다.

다시 그날일 수 없는 강가에 나와 서면
무수한 바람으로 갈꽃은 부서지고
한빛인 그림자 속에 너는 잠겨 있구나

매듭진 세월을 풀어 낚시를 드리운다
거친 물살을 거슬러 찌르르 손악에 닿는
한때는 부신 지느러미 그 황홀턴 입질들

강어귄 어귀대로 기슭은 또 기슭대로
흘러도 흘러도 하냥 그대로인 너를

이제야 실 끝을 물고 네 곁에 와 눕는다
—「강」 전문

　앞의 작품 「흔적」에서 "풀린 강 그 언덕께쯤 아른대고
있"던 '목숨'들을 「강」에서는 "한빛인 그림자 속에" "잠겨
있"는 것으로 보았다. 타는 듯 가슴 아린 '목숨'을 바라보는
시인의 눈에 얼비치는 물기, 그것을 애련이라고 볼 수도 있
을까. 무수한 바람으로 갈꽃이 부서지는 아픔을 맞이하는
자세 또한 그렇다고 느껴졌다.

　다시 그날일 수 없는 강을 통해 말하고자 하는 '어제와 오
늘의 대비'는 절대 극명할 수가 없다. 단지 "한때는 부신 지
느러미 그 황홀턴 입질"의 기억을 되살려보지만 그것 역시
현실이라기보다는 간절한 바람에서 비롯된 하나의 허상에
지나지 않는다 할 것이다. 그립고 아름답지 않은 과거는 없
다. 그래서 과거의 강을 노래하고 있는 듯하지만 사실은 "흘
러도 흘러도 하냥 그대로인 너를 / 이제야 실 끝을 물고 네
곁에 와 눕는다"라고 현실의 아픔을 깨우치고 있는 것이다.

　「강」은 김 시인 특유의 보법이 유감없이 잘 드러나 있어
서 유장하고 아름답다. 따라서 앞의 「흔적」과 함께 시조의
율격과 흥성스러움을 가장 잘 살려낸 작품이라고 할 수가
있다. 서정시의 힘이 새삼 느껴진다.

4

무얼까?
무엇일까?
아른아른거리는 저것

들머리 마찻길
채마밭
지붕 위에도

호오호
겨울 녹이는
봄할미 여린 입김

인용한 작품은 2005년에 펴낸 동시조집 『까치네 이층집』
에 실려 있는 「아지랑이」인데, 오래전에 읽었지만 봄 오는
길목에 피어오르는 아지랑이가 눈에 잡힐 듯 선명하던 기
억이 있다. 이번 시집에도 그의 이러한 또 다른 면모를 엿볼
수 있게 하는 몇 편의 동시조를 싣고 있었다.

'동시' 하면 떠오르는 문인으로, 짙은 토속어와 독특한 문
체를 구사하여 독보적인 문학 세계를 구축한 「관촌수필」의

119

작가 고故 이문구가 있다. 작고 무렵 그야말로 뜬금없이 동시집을 낸 바 있는데, 이미 일가를 이룬 소설가가 이런 세계에도 천착하고 있었다는 점에 놀라움을 금치 못했으며, 그 작품성이 화제가 되기도 했다. 뿐만 아니라 동심의 세계가 바로 문학의 밑바탕이라는 점을 실제로 보여주었던 것이다.

"산 너머 저쪽엔 / 별똥이 많겠지 / 밤마다 서너 개씩 / 떨어졌으니 // 산 너머 저쪽엔 / 바다가 있겠지 / 여름내 은하수가 / 흘러갔으니"(「산 너머 저쪽」 전문)

또한 동심을 그리고 있는 동시와 시의 갈래가 다르지 않고 하나라는 것을 위의 작품은 보여주고 있는데, 앞의 작품 「아지랑이」도 마찬가지다. 우리는 이미 소월이나 윤동주의 여러 작품을 통해 이 점을 확인한 바가 있다.

가을을 소재로 한 작품 두 편을 더 옮겨 읽는다.

누가 자지 않고
밤새 쓸어놓았나

마알간 하늘에

새털구름 두어 점

늦잠 깬
아기바람이
살살 밀고 다닌다
  ─「가을 하늘」 전문

볼이 붉은 햇살은
고추밭에 놀러 오고

단물 실린 햇살은
감나무에 매달리고

때때옷
아기 햇살은
들로 산으로 나간다
  ─「가을 햇살」 전문

  맑고 파란 드높은 가을 하늘에 새털구름 몇 올이 바람에
밀려다니는 눈부신 풍경을 쉽게 떠올릴 수 있는 앞의 작품
이나, 가을 햇살이 세상 만물을 울긋불긋 물들이는 그 신묘

한 자연현상을 그린 뒤의 작품이나 모두 한 폭의 파스텔화
처럼 아름답다.

그러나 한편으로는 그 이면의 어둡고 아픈 생각을 지울
수 없는 것은 왜일까? 필자가 알기로는, 김 시인은 아들의
건강 문제로 오랫동안 고통을 겪으면서 실제로 아주 긴 시
간 절필絶筆을 하였다. 그런 그가 어쩌면 이 같은 거역할 수
없는 동심의 발로로 해서 다시 시작詩作의 힘을 얻게 되었
는지도 모른다.

그 인고의 세월, 따라서 아름다움의 그 내면 깊은 곳에는
어쩌면 시인의 아픈 여정의 똬리가 크게 자리했을 것이라
생각된다. 마치 "단물 실린 햇살"이 "감나무에 매달"려 마
침내 그 열매를 맺듯이 남다른 고통의 시간이 있었을 것이
다. 하나의 결실이 있기까지는 그만한 대가가 따르게 마련
인 것이다.

5

일찍이 다산茶山이 '불우국비시야不憂國非詩也'라고 했듯
이 이 땅을 살아가고 있는 시인이 그 숱한 역사의 질곡을 마
음 편히 건널 수는 없는 법, 김 시인도 예외일 수 없다. 한때

군부독재 정권 시절에 문학을 '참여와 순수'로 편 가르는 그 릇된 이분법의 잣대를 사용한 적이 있기도 했지만, 모름지 기 이 땅을 살아가는 시인이 어떻게 불의 앞에 초연할 수만 있겠는가.

권력의 손에 의해 블랙리스트가 만들어지고, 창작 활동 에까지 정권의 손길이 미치는 정부가 아직도 엄연히 존재 하는 이 땅에서 '시인은 무엇인가' 하고 되묻지 않을 수가 없는 것이 우리의 현실이다.

오월은
짓밟힌 꽃잎
저승서도 눈 못 감고

그 꽃잎
짓밟은 군화
발이 아파 잠 못 들고

그 현장
방관한 우리
부끄러워 뒤척이고
ㅡ「오월은」 전문

그 치욕의 역사를 주도한 주범들이 아직도 건재한 가운데 우리는 현대사를 정확하게 기술하지 못하고 있다. 그리하여 방관한 것이 부끄러워 잠 못 드는 밤을 뒤척이는 사람이 어찌 시인만이겠는가. 끝내 청산하지 못한 독재 발상, 지난해(2016년)부터 해를 넘기며 밝힌 저 광장의 천만 촛불의 함성이 또한 그와 다르지 않다는 것을 우리는 잘 알고 있다. 단수 「오월은」은 우리의 부끄러운 어제의 역사가 아직까지도 현재진행형임을 극명하게 그려 보인 작품이라고 할 수 있다.

그리고 "'평화의 소녀상'에 부쳐"라는 부제를 단 작품 「여기 우리가 앉아 있는 것은」에도 역시 아픈 우리 역사적 상처를 감싸 안는 시인의 정신이 잘 드러나 있다.

한때는 우리도 꿈 많은 소녀였다
목숨보다 소중히 가꾸어온 그 꿈들을
너희가 피 묻은 군화로 짓뭉개기 전에는

어찌 아니라고 머리를 젓는 것이냐
우리가 알고 너희가 알고 하늘이 아는 일을
덮으면 더욱 생생히 고개 드는 못 자국

문명의 탈을 쓰고 깨춤을 추는 철면피들
언제쯤 그 탈을 벗고 인간으로 돌아올지
여기에 꼿꼿이 앉아 지켜보는 중이다
　　　－「여기 우리가 앉아 있는 것은－ '평화의 소녀상'에 부쳐」
전문

　대개 사람과 동물을 구별하는 첫 번째 가름이 '염치'가 있고 없음의 차이가 아닌가 한다. 염치가 무엇인가. 앞에서 말한 부끄러움이 바로 염치인 것이다. 우리는 지금 그 염치없는 무리들로 인해 안팎으로 시달리며 괴로움을 겪고 있다.
　'평화의 소녀상'은 조각 작품으로서도 그 느낌이 우리에게는 남다른 걸작이다. 그런데 정부는 그깟 일본 돈 10억 엔에 화해 합의를 하고 소녀상도 없애기로 거래를 했다고 한다. 당사자인 위안부 피해 할머니들은 물론이고 우리 국민들 모두의 감정은 무시한 채 제멋대로 합의를 한 대단한 머슴을 우리는 모시고 산다. 그래서 '이게 나라냐!'고 자조 섞인 탄식을 하는 것이다. 이런 세태를 노여워하듯 "여기에 꼿꼿이 앉아 지켜보는 중"인 소녀상의 분노를 시인은 감싸 안는다.
　내친김에 한 편을 더 옮겨 읽기로 한다.

이로써 너희 무엇을 기념하자는 것이냐

너희 예 묻은 것이 무엇인 줄이나 아는가

우러러 청천백일靑天白日이 두렵지도 않은가

귀를 잃고 썩어간 시신은 그렇다 치고

차라리 죽음보다 참담했을 생령들이여

그 원한怨恨 소금에 절여 탑으로 세워놓다니

역사를 식은 죽 먹듯 조작해온 무리여

너희 이 무덤만은 자자손손 훼손치 말라

인간이 인간이기를 거부한 이 증거를

　—「이총耳塚」 전문

　귀무덤, 이 치욕의 역사를 어떤 말로 위무할 수 있을까.
"인간이 인간이기를 거부한 이 증거" 앞에 그들은 부끄러
워한 적이 있었던가. 야만을 자랑하듯 기념탑을 세운 그 당
대 족속이나 윗대의 잘못을 뉘우치고 반성할 줄 모르는 그
후손이나 이 지구 상에서 가장 몰염치한 무리가 아니던가.
끝없이 침탈을 이어오다가 마침내 임진왜란을 일으키고,
또 그 뒤 36년간의 오랜 강점기까지 그들의 간악한 행태를
증명하는 여러 사건의 흔적들을 누가 어떻게 지울 수 있을

것인가.

인용한 「여기 우리가 앉아 있는 것은」과 「이총」은 그 치욕의 역사를 떠올리게 하는 작품이다. 따라서 그의 서정성 짙은 여타의 작품들과는 다르게 직설법을 사용함으로써 또 다른 면모를 엿볼 수 있게 한다.

스스로 "싸늘한 별빛을 주워" 시를 "깁고 있는" 시인임을 자처하는 김승규 시인의 반세기에 걸친 한결같은 시 행보, 이 글은 그 긴 여정 가운데 극히 일부를 살펴본 것에 불과하다. 그리고 또 한 가지 밝혀둘 것은 이 글은 본격적인 시 해설이 아니라는 점이다. 그래서 '발문'이라고 하여 그 부끄러움을 덮는다.

끝으로 글을 쓰기 위해 시조집 『이후의 흔적』 원고를 미리 읽으면서 필자는 이런 생각을 했다. 이제 앞으로 그가 엮는 서정은 더 깊고 농익을 것이며, 다른 한편으로 대사회적 비판과 역사 문제의 인식에도 나름대로의 생각을 정제화할 것이라고. 그리하여 김승규 시인이 만년에 별빛으로 깁게 되는 시편들이 보다 더 영롱한 빛을 발하리라 믿어 의심치 않는다.

시인은 늙지 않는다, 다만 생각의 골이 더 깊어지고 유장해질 뿐이다. 그는 이를 실제 작품으로 보여줄 것이다.

127